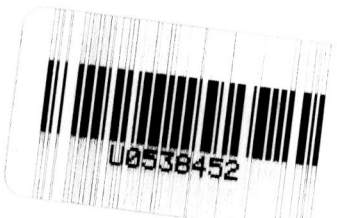

走過大山大水

陳在沟
的觀念藝術

義豐 博士——撰文　**陳在沟**——藝術創作

來
到咖啡館

2Gather「藝起吧」　75x160 x4 連作

簡介

觀念

“觀念”是當代藝術很重要的一個表徵。“怎麼想”比“像不像”，更有意義。觀念藝術最著名的一件作品是法國藝術家杜象（Marcel Duchamp）的《泉》，他將一個小便器簽上名字，送進美術館去參展，這時“現成物”就被當成一件“藝術品”去觀賞與思考，成為藝術家的創作。

觀念藝術

觀念藝術（Conceptual Art），又稱思想藝術（Idea art），根據美術史的記載，興起於二十世紀的六十年代，然其影響深刻至今。觀念藝術不強調形式或材料，而是在乎觀念和意義，表現的題材多元，包含的範圍廣泛。觀念藝術主要的精神，強調在特定的時空下，經由藝術家的作為，改變觀賞的習慣，喚起觀眾的參與和互動。

陳在沟

陳在沟以其豐富的生活閱歷，作品深富“觀念藝術”的精神表現。他除了架上繪畫之外，更有攝影、篆刻、裝置、影像與數碼設計等多元化的創作呈現，可做為臺灣當代藝術的掠影。

架上繪畫（easel painting）——

架上繪畫（easel painting）通常可分為具象、意象和抽象三大類，這三種表現形式與美術史上的各種流派緊密相關。

1. **具象繪畫**（Figurative Art）相關藝術流派：古典主義（Classicism）、巴洛克（Baroque）、寫實主義（Realism）及印象派（Impressionism）

2. **意象繪畫**（Ideographic Art）相關藝術流派：表現主義（Expressionism）、象徵主義（Symbolism）、後印象派（Post-Impressionism）

3. **抽象繪畫**（Abstract Art）相關藝術流派：立體主義（Cubism）、未來主義（Futurism）、抽象表現主義（Abstract Expressionism）、幾何抽象（Geometric Abstraction）

陳在沟作品——

本次展覽主要收錄陳在沟的觀念性架上作品。材料多元，風格多樣，集合“具象、意象與抽象”的畫面表現，可以一窺藝術家精彩的思想脈動與創作軌跡。

目 次

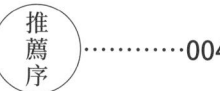

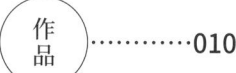

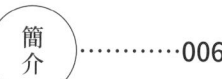

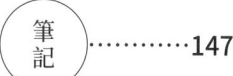

走過大山大水

來到咖啡館

留下一座「門」

2Gather「藝起吧」 戶外裝置 2024

走過大山大水

來到咖啡館

觀看一場
「觀念藝術」展覽

面對
畫面

不管是
具象、意象或者抽象

跟自己進行一席
心靈對話

看看畫
說說話

45x60

每次說這句話，都會讓自己精神抖擻、鬥志昂揚
那就是

我的人生
正在開始

全神貫注
全力以赴

爆發
出來的力量

連自己
都會
嚇一跳

27x39

22.5x32.5

不存在
表達什麼
意義

只覺得
有點
意思

最近
從「苦中作樂」
邁向「自得其樂」

這其中的差異在於
已經忘了「苦」
沈溺在樂趣之中

35x70

41.4x132

都說
大隱 隱於市

日月星辰为頂
清風花香为伴

以茶
佐
一方閒適

42x34

日子
過得有趣

得經常
在
尋常事務上

咀嚼出
滋味來

一路走來
深信
要有出息

最終
都得靠自己

90x180

55x40

色彩繽紛的花花世界

虛心學習

努力去
分辨

最基本的
黑與白

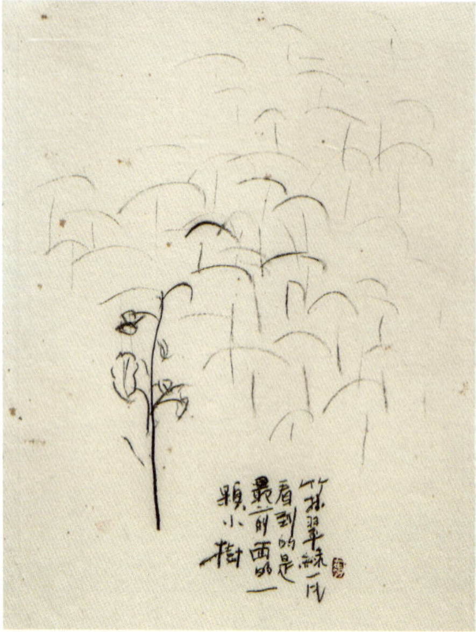

30x42

一念之間
風生水起
好運來

好的念想

瞬間讓人
神清氣爽起來

每天傍晚
雙腳空中踩單車 180 下

持續進行中

體力
來自毅力

內服外練
提升 免疫
還得靠 努力

50x72.5

不經意發覺
身邊的人物
都很鮮活

敢想敢做
充滿生命力

42x132x4

45x70

如果
謾罵
無法讓自己
好過一點

不妨
試著換一種心情

感恩擁有
珍惜當下

100x120

未來
無限可能

要相信

自己
生命力

無窮強大

75x160x4

不能丟失
對生活的熱情

那是鼓動
生命的活力

確保自己

能夠
興趣勃勃
喜孜孜地
去做
任何事

80x100

台灣最美的風景是「人」
希望
我們一直保持這份「良善」
讓「台灣人」
成為全世界
最美麗的一道人文風景

不要限制
自己的
想像力

因為

只有
想得到

才有機會
做得到

216x190

65x95

如果
不喜歡當下的社會氛圍
不妨
跟惱人的信息暫時告別吧
想點
有趣的事
做點
有趣的事

此生
依然有夢

那麼
迎著天光
哼段小曲
隻手
捲起千重浪
風起雲湧

100x80

欣賞
窗外的美

品味生活中
那
原本十分平凡
微不足道的美好

25x37

91x72

大清早
整理陽台
跟花花草草
呼早道好

小小園地
竟然
綠意盎然
生氣勃勃
愈長愈好

思考未來
做
各種打算

只為了
每個
美好的當下

120x210

80x100

活在當下
不是口號
是生活方針

每個人都應該
努力「快活」地活下當下
每天「快樂」過生活

72.5x91

同樣一件事
有人看到的是當下的「問題」
有人則能預見未來的「機會」

我們習慣發現問題
因此歇手
而失去機會

「不做」很容易
「要做」就得克服問題

面對
喧囂的世界
無所適從時
不妨
閉上眼睛

傾聽
心的聲音

72.5x60.5

心有期盼
投向遠方

未來
想通往何處

堅守這份
凝望

75x160

詩性生活
總在靈光片羽之間乍現

聽見花開的聲音
讀懂風中的語言
剎那間成就永恆
感受無限美好

25x33

當心中
美好時

眼底
盡是
美麗風景

160x75

116x91

在這塊土地
生活的可貴

在於
每個人
都可以自由選擇

讓自己
舒適心安的
活法

38x76

儘管
世界並不太平

還是要
轉換心情模式

迎接
這一季春天

過日子

不在乎
有沒有意義

但
要有點
意思

活得有意思
是一門
生活的藝術

69x136x2

210x120

幸福
有時候
可以很簡單

美麗的風景
只需
看看倒影

160x75

常想
何其幸運
生活在如此動盪的時代

讓每天都很有感
不敢渾渾噩噩過日子

努力養成
良好的思考習慣

保持 身體健康
確保 精神愉快

75x75

網路世界
ChatGPT
回答你所有問題

要
勇於學習
及時學習

保持
臨時抱佛腳的精神

對事物 充滿好奇
對未來 滿滿希望

對自己生命
津津樂道

65x80

一直以來
勉勵自己

身處急劇變動的時
代
對於不熟悉的領域
保持一份謙遜
要勇於學習

65x95

60.5x72.5

如何常保快樂
不妨
從「假裝」快樂著手

久而久之
便「習慣」了快樂

72x60

與其
老為那些「無能為力」的事
感到
煩心

倒不如
多做一點「力所能及」的事
讓自己覺得
寬心

這個時代
需要一種人
會講故事的人

你我
都是故事中人

講好
自己的故事

72.5x60.5

120x180

改善
生存狀態

整理一下儀容
提振一下精神面貌

讓自己看起來
像在「走運」一樣
那麼
「好運」就會跟著來

為什麼
每天看起來
都可以神采奕奕

必須
精神喊話

咱 lán 是天公囝
只要肯打拼
老天會保庇

80x100

100x80

培養
良好的思考習慣

揭開這面單調的藍
繽紛接踵而來

65x91

偶爾
將日子留白

期待
日後的精彩

美感

是一種
生活態度

22x27

60.5x72.5

用不平凡
的自己

去過平凡
的日子

91x72

知道在做什麼
為什麼要這麼做

不斷學習
持續奮鬥

努力活出一個
鮮活的自我

警惕自己，

不要
成為以下三種人：

不斷
唱衰未來的人，

老是
看壞現狀的人，

一直
埋怨過去的人。

180x112

72.5x91

說什麼
皇家御用
貴族獨享
把他們統統用起來

宅居家中的日子
當一回
王公貴族

210x120

生在大時代
必須
讓自己
活成大時代的人

踏實地
揮動自由羽翼

將日子
過的
紅紅火火

210x110

你必須
看重自己

別人
才會
看得起你

90x100

怎麼想

影響
怎麼做

鼓勵自己

好好想
好好做

42x32

做點事
閱讀一本書
學習一門技藝
從事一項勞務

日子
簡單充實

人生
可以很藝術

活出
自己
獨特的風格來

180x120

當你感覺良好
倍受賞識
覺得自己很優秀時

那是因為周遭
有一群比較你更優秀的人
懂得
尊重你
稱讚你

88x80

80x100

深愛無語
常駐心間

60.5x72.5

靈光片羽
吉光乍現

天馬行空的想
腳踏實地的做

80x100

因為
用心

所以
講究

80x100

樂觀
需要練習

凡事往好的方面想
往建設性的方向做
慢慢地
變成一種習慣

樂觀
可以讓我們
不斷看到問題背後的機會
然後
努力去把握機會
克服問題

140x180

一位自稱「永恆」的人
突然跑來問我
此生最快樂的是什麼

大哉問
痴愚如我 只能簡單答
一直將自己 置於一種狀態
嚐鮮新奇的狀態
由於對新事務的陌生 便需要
不斷鑽研學習
不自覺地沈溺其中 一直活得
興緻勃勃

對我而言
如此生趣盎然地活著
就是人生最大的快樂
以此 回答永恆

76x38

喜悅之心
不遠求
在
日常功課中

一輩子太短
感興趣的事很多
光想
都令人精神抖擻

生活是自己的
想怎麼過
努力去做

成敗任人說

143x111

精緻
是
一種
生活態度

用來
善待自己

150x160

128x166

人生，無法盡如人意，該怎麼辦呢？

那就多做、快做，把事做的又多又快又好，這是我奉行的勤勞理論。

一直以來，挺能想、也很肯做，不怕做白工。

至於結果？由他去！

當很多事「無所為、而為」時，生活中經常有驚喜。

40.5x51.5

找到
適合自己的
活法

開心的
活著

95x65

人生
渺如煙雲

吃好一點
用好一點
過好一點

讓自己
成為

更好一點的
好人

60.5x72.5

我所知道的人生
努力是必然的

成功
卻往往是份偶然

立春了
期待
繁花綻放
繽紛一季

37x32.5

不斷「找事做」
經常發現
會有意外地驚喜

有心栽花花不發
無心插柳柳成陰

18x12x13

哲學家喜歡曬太陽，是為了思考。

最近迷上曬太陽，是為了健康。

日光充足的傍晚，閒坐落地窗前；

腦子，是個好東西，得經常曬曬，

才能健康地思考。

懂事以後
愈發覺得

凡事
都是一種「自我」的選擇

想要過什麼樣的日子
用什麼角度去看世界
存乎一心

98x130

75x160

這陣子
心湖平靜
水波不興
喜歡當下的狀態

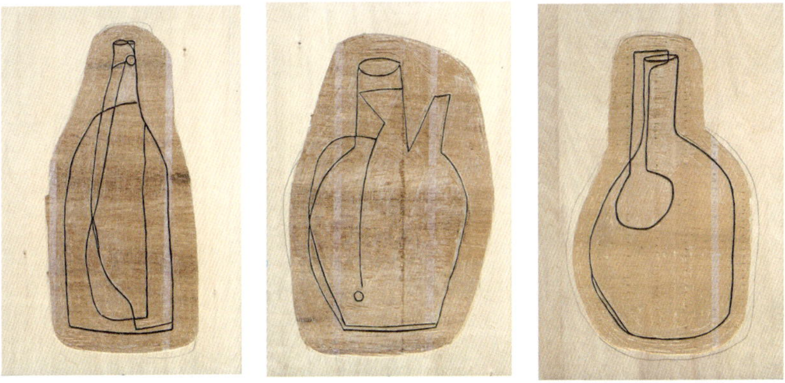

30x45x3

偶而小酌
要的是
那個氛圍
圖的是
酒後吐真言

趁著酒興
可以暢所欲言

古今多少事
盡付笑談中

80x100

改變別人不易
試著改變自己吧

練練
「沒事偷著樂」
努力
讓自己快樂

留白
讓生命
留出一片空白

什麼也別想

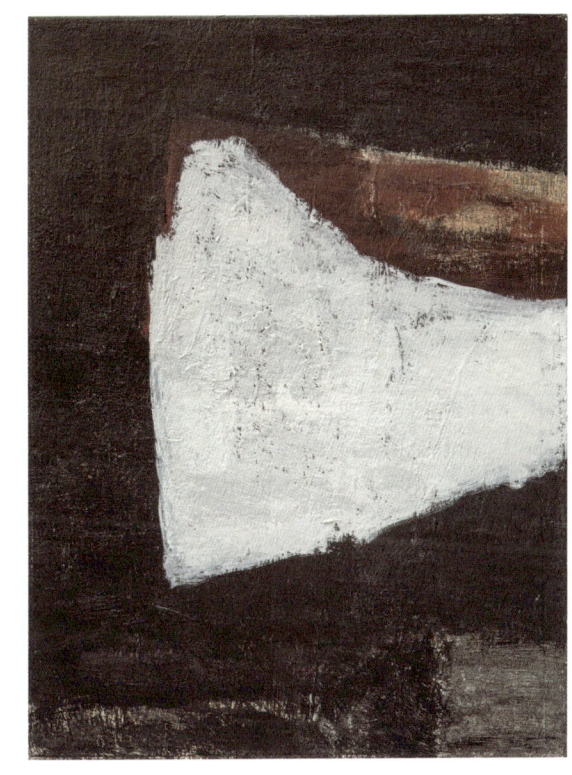

45x60

事情往往有兩面
黑暗面與光明面

熬過黑夜
迎接晨曦

80x100

72.5x50

與其坐而論道
不如起而力行

加入「行動派」

125x110

放眼
那些成功人士

最不欠缺的
就是「行動力」

往往 想得到
就會 做得到

72.5x91

生命的原動力
往往來自對未來
有所期盼與追求

當目光瞄向亙古長河
眼界自然大為不同

115x170

別問我
做這件事
有什麼意義

有點
意思

想做
就做

25x32x5

搞藝術的
凡事
講求新意

喜歡作怪
卻不失規距

106x150

舞文弄墨，
仗筆刀
發豪語

「十年磨一劍，霜刃未曾試。
　今日把示君，誰有不平事？」

80x65

一件事
往往都有兩面
悲觀的人
黑雲籠罩
不斷在期待「可能的失敗」
樂觀的人
遙望光景
為每次「僥倖的成功」心懷感恩

345x170

由感性入手
再由理性張羅

沒光想
勤動手

事沒少做

亂世中
唯一不能亂的是
自己這顆「心」

把「心」安定下來

工作室 一角

遐想
有助於
平衡情緒
舒緩理智

53x65

無所為
而為

起心動念
只要認為是值得的事
就放手去做

「沒有圖謀」的良善作為
往往具有「感動人心」的力量

45x14

32x36.5

看到美國一些富豪
紛紛想搭火箭　探索太空
內心感觸良多

西方與東方
在人生價值觀上
差異很大

也許
「伸手摘星，即使徒勞無功，
亦不致於一手污泥。」

35x40x22

起心動念
藉由外在環境、器物、裝扮的改
變
來轉變當下的
心境

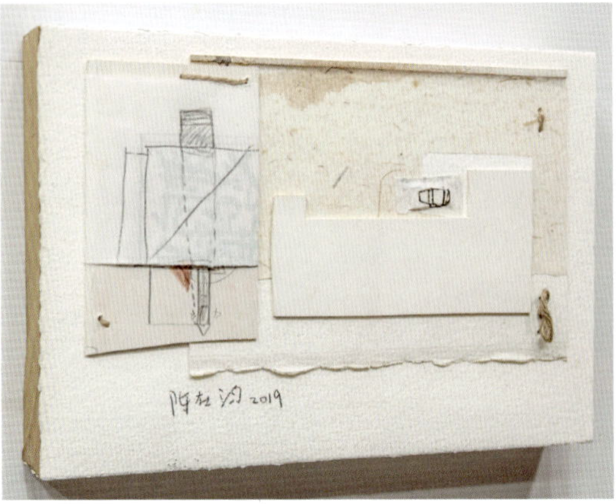

33x22.5x5

風雨如晦時分
前塵往事
非常遙遠

生命的意義
對自己來說
許是
當下的心境

可以
平心靜氣地
喝一杯咖啡

我「相信」
世間有一股神奇的力量
叫「心想事成」

9x5x25

想成為什麼樣的人
想過怎樣的生活

生命的道路
冥冥中
就往那裡延伸

30x6x38

30x34

發願
想要過
什麼樣的人生

然後
全力以赴

返璞歸真
有點錢
有點閒
自在過生活

80x100

150x193

終於明白
自己
為什麼每天
都可以精神煥發

只因為都在
樂此不疲地「找事做」

然後
樂在其中

130x98

年輕
是一種狀態

人就這麼一輩子
要活得精彩

不僅僅存在於 過去
更值得期待於 未來

詩性思維
是一種原始的發想
足以關照初心

154x183

53x45.5

人生的調子
好的朋友
是良師益友

近朱者赤
潛移默化
讓自己也變成
不錯的人

80x100

對交往的朋友
去發掘他一項
獨特的優點

那麼
記憶裡的朋友
盡是美好

小小一張畫
卻有
畫龍點睛之妙

令
滿室生輝

72x91

97x130

體貼
是種溫柔的力量
是設身處地
替別人著想的美德

體貼
讓人打從心底感到溫暖
讓生命充滿陽光

15x15x20

走過大山大水

隱身
都市叢林

午後
天氣晴朗

擁抱陽光

輝煌
成為
生活的日常

接下來
看誰在說話

95x65

藝術家如是說

群馬奔
眾人舞

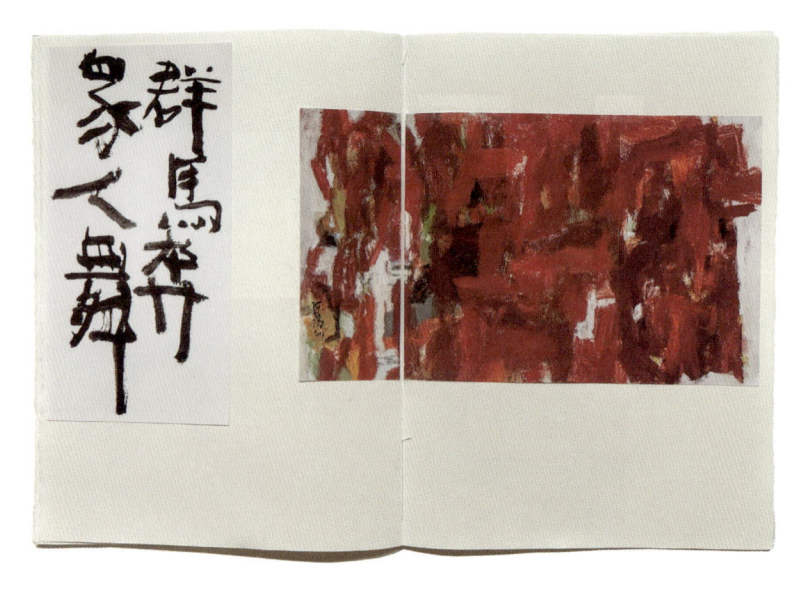

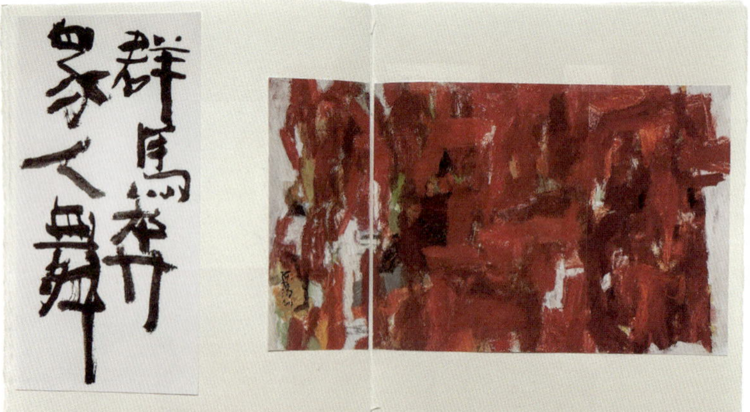

陳在沟 作品

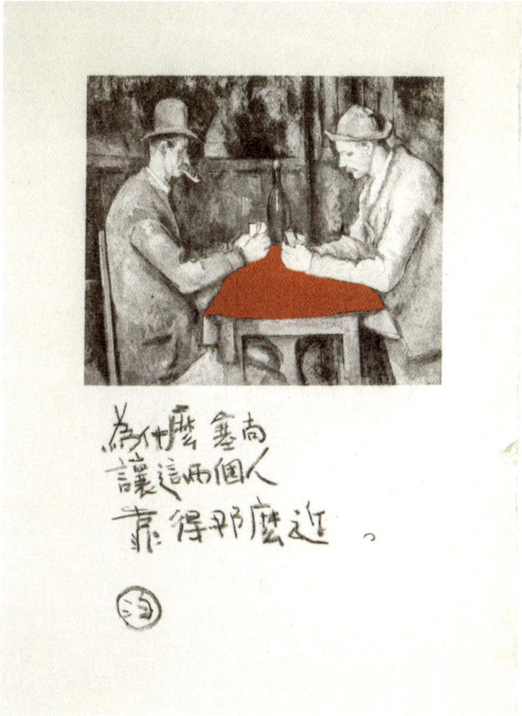

24x40

為什麼
塞尚
讓這兩個人
靠那麼近

24x40

塞尚先生
您的蘋果
好像有一顆
快要熟了

跳上火車
眾人穿著鮮明亮麗
臉上堆滿笑容
以為是香格里拉
原來遇見馬諦斯

24x40

畢卡索啊！畢卡索！
你要把我們帶去哪裡？

24x40

22x32

據廠商說
噴印顏色五十年不變

是否如此
到時候朱砂印可以為證

現在是 2015 年 5 月

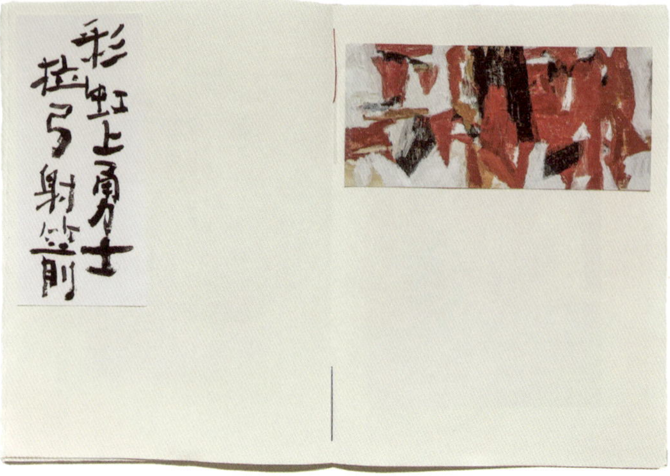

陳在沟 作品

彩虹上勇士
拉弓射箭

長河 精彩炫耀

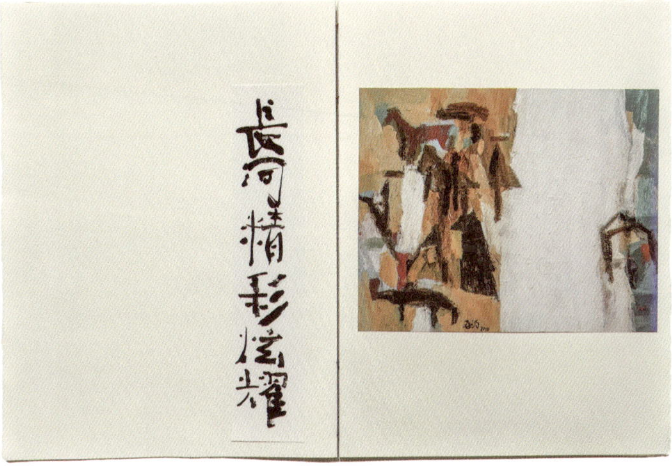

陳在沟 作品

聽雨

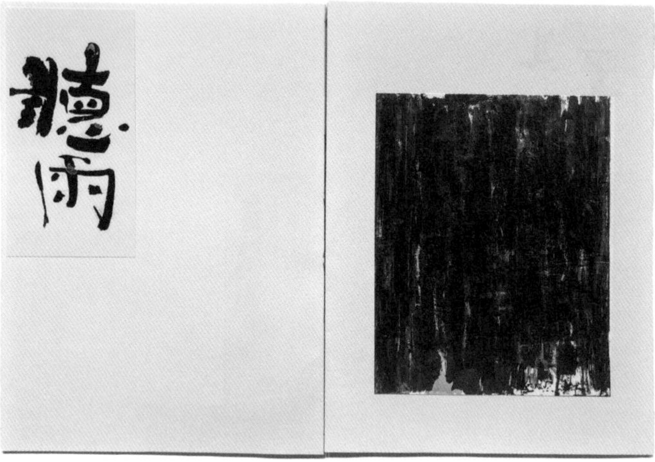

陳在沟 作品

起大霧

陳在沟 作品

大地 即將甦醒

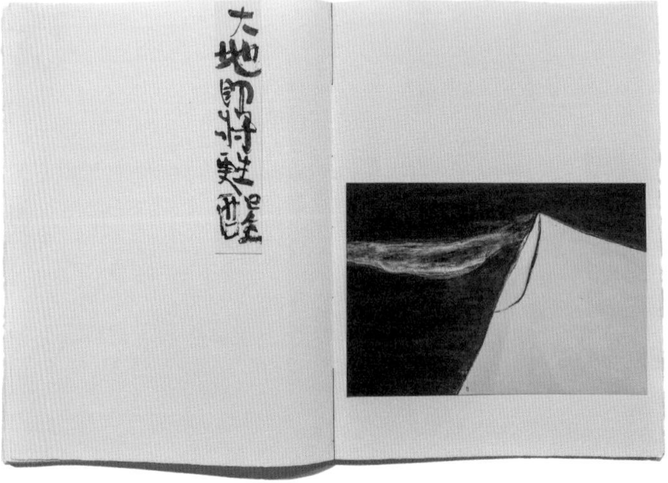

陳在沟 作品

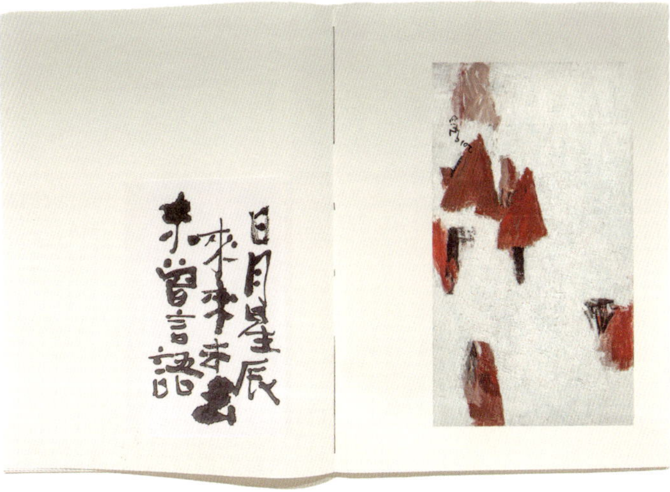

陳在洶 作品

日月星辰
來來去去
未曾言語

茂密
森林有些
忐忑

陳在沟 作品

發現
蘭花特有
種

陳在泃 作品

陳在沟 作品

昨晚
大雨
暴風

有棵老樹的房子

陳在沟 作品

魚和水溪視凝

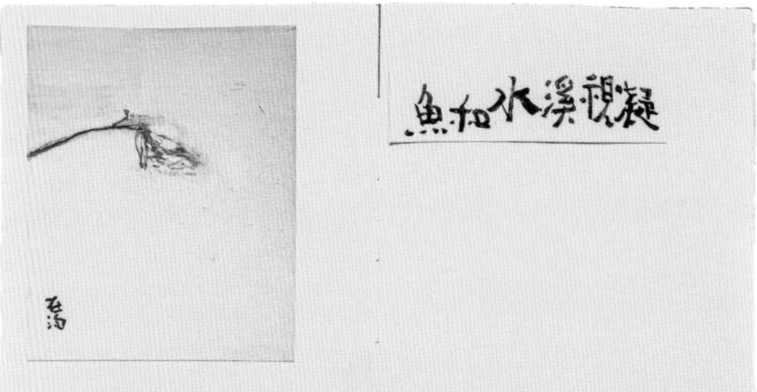

陳在沟 作品

只有鳥叫
和落葉聲

陳在沟 作品

烈焰吟唱
生命之歌

陳在沟 作品

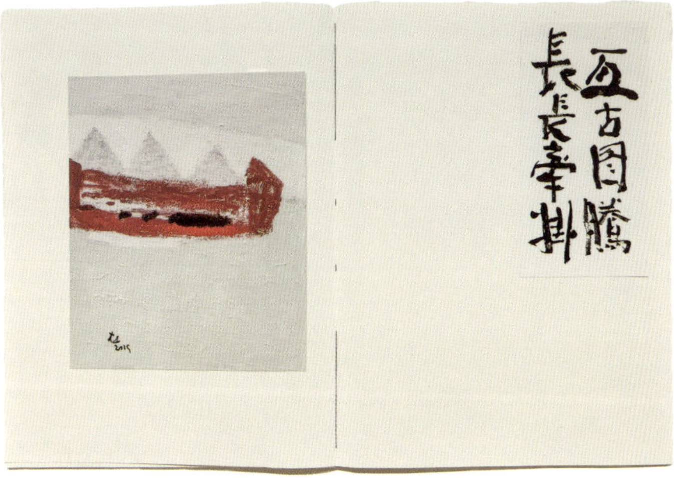

陳在沟 作品

亙古圖騰
長長牽掛

聽飛鳥穿梭

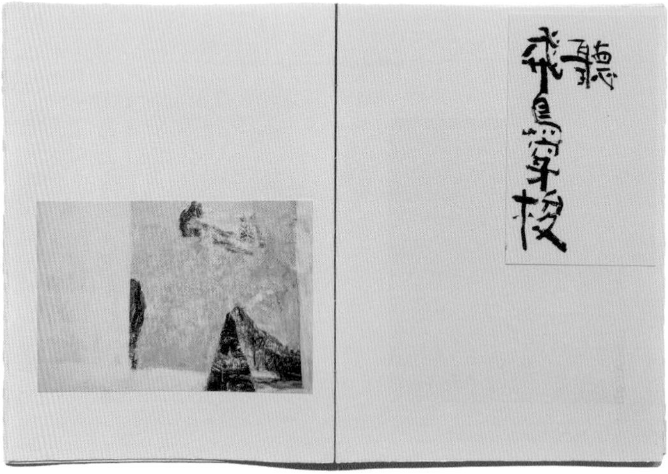

陳在沟 作品

見生命
源頭

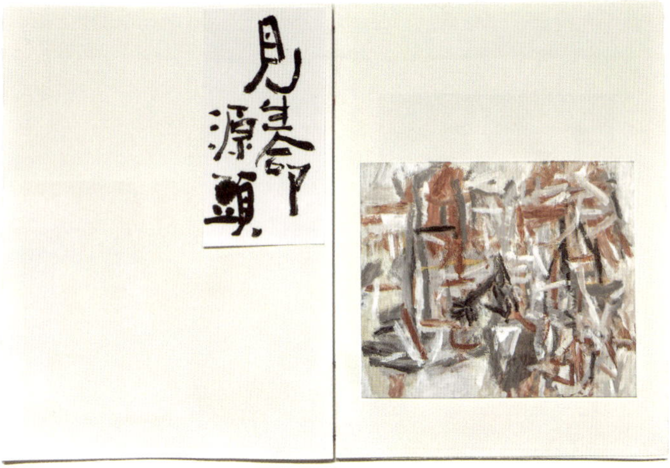

陳在泃 作品

陳在沟 作品

千秋萬世
華麗沈睡

漫漫白煙
洞窟中溢出

陳在沕 作品

吵雜村莊
漸漸入睡

陳在沟 作品

沐陽光
浴溪水

陳在沟 作品

八個人
緊緊貼著八棵樹

45x9x16（8 件連作）

陳在沟 作品

億萬年對話
一瞬間

億萬年對話一瞬間

創作論敘 **陳在沟**

微觀的生活歷程一點一滴累積，總會沈澱為宏觀生命的一部分，同時鋪陳了往前走的路徑。

一直以來，雖然創作內容多選用西方材料，但是，作品呈現總是悠遊於水墨畫意與情緒之中。或許是出於自我覺知，或許是出於對多元藝術世界的回應，過往沉潛在一定框限的狀態，竟也累積出爆衝的能量，在框限內外交錯擦撞、模糊界線。在藝術形式上，也進行了版畫、影像、雕刻、裝置及觀念性等不同的類型創作，同時也改變創作的空間，創作的手法和工具，凡此種種，迎來 2017 年開始在創作上的轉折——與古文明展開對話。

回看藝術的脈絡，史前洞窟繪畫是現今所知最早的藝術，洞窟裡的創作者不知藝術為何物，埃及古墓壁畫以及敦煌石窟繪畫，其創作起心動念各有執著之處，法老不為藝術而為、信佛傳人潛心刻劃只為信仰，它們毫無巧色，歷經數千年時光荏苒，仍然瑰麗璀璨，要說美學成就，必然遠遠超出現今許多形式的藝術表現。

沈浸在絢爛輝煌的古老作品及講究內觀氣韻的水墨傳承中，領受生命的驚喜，這些人文高山所孕育的歷史長河，不斷向前推進，指引著前進之路。

陳在沟 和 作品

展覽引言

走　過　大　山　大　水

策展人：**義豐博士**

人生如戲。

藝術，
就是一場遊戲，
用來愉悅人生。

當代藝術，重視「觀念」，怎麼想，比「像不像」更有意義。

當代藝術家陳在沟，從 1999 年起，開始全身心的投入藝術，先後在台北藝術大學及北京中央美院研修，創作近三十年來，以其豐富的人生閱歷，忘情地出入美術史各種流派，靈活地運用各種媒材，成就自己獨特的風格與面貌。

架上繪畫，是陳在沟熟悉的領域，不管是具象、意象或者是抽象，
信手拈來，佳作天成，令人玩味。

藝術不遠求，盡在尋常生活中。

走過大山大水，找回初心，

看看畫，說說話，

跟自己展開一場心靈對話。

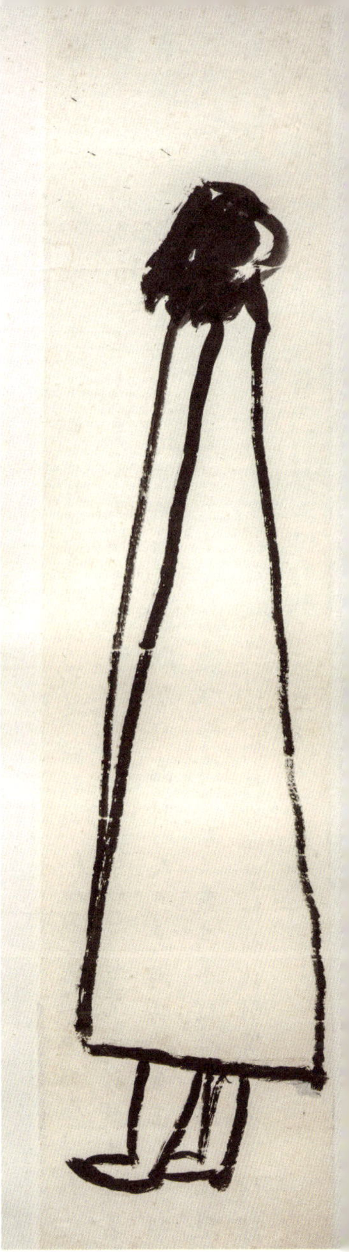

42x132

當代藝術
在藝術家完成創作，作品就具備獨立的生命；
作品存在的價值，
在於能否和觀者產生互動，
有所感觸。

這本藝術筆記，接下來，換你說話。

策展人：**義豐 博士**
●籍貫：台南●筆名：風之寄●學歷：中國藝術研究院 藝術學 博士
●經歷：藝術總監、策展人，作家，美術館館長
●作品：小說、 散文、詩集、工具書、學術著作， 計三十餘冊

走過大山大水

筆記

新銳文創
INDEPENDENT & UNIQUE

新銳藝術 51　PH0304

走過大山大水：陳在沟的觀念藝術

作　　者——陳義豐
藝術創作——陳在沟
責任編輯——劉芮瑜
圖文排版——王嵩賀
封面設計——王嵩賀

出版策劃——新銳文創
發 行 人——宋政坤
法律顧問——毛國樑　律師
製作發行——秀威資訊科技股份有限公司
114 台北市內湖區瑞光路 76 巷 65 號 1 樓
電話：+886-2-2796-3638　傳真：+886-2-2796-1377
服務信箱：service@showwe.com.tw
http://www.showwe.com.tw
郵政劃撥——19563868　戶名：秀威資訊科技股份有限公司
展售門市——國家書店【松江門市】
104 台北市中山區松江路 209 號 1 樓
電話：+886-2-2518-0207　傳真：+886-2-2518-0778
網路訂購——秀威網路書店：http://www.bodbooks.com.tw
國家網路書店：http://www.govbooks.com.tw

讀者回函卡

出版日期——2024 年 12 月 BOD 一版　　定　　價——500 元

國家圖書館出版品預行編目(CIP)資料

走過大山大水：陳在泃的觀念藝術 / 陳義豐 文；
陳在泃 藝術創作. -- 一版. -- 臺北市：新銳文創,
2024.12

面； 公分. -- (新銳藝術；51)

BOD版

ISBN 978-626-7326-55-8 (平裝)

863.55　　113017775